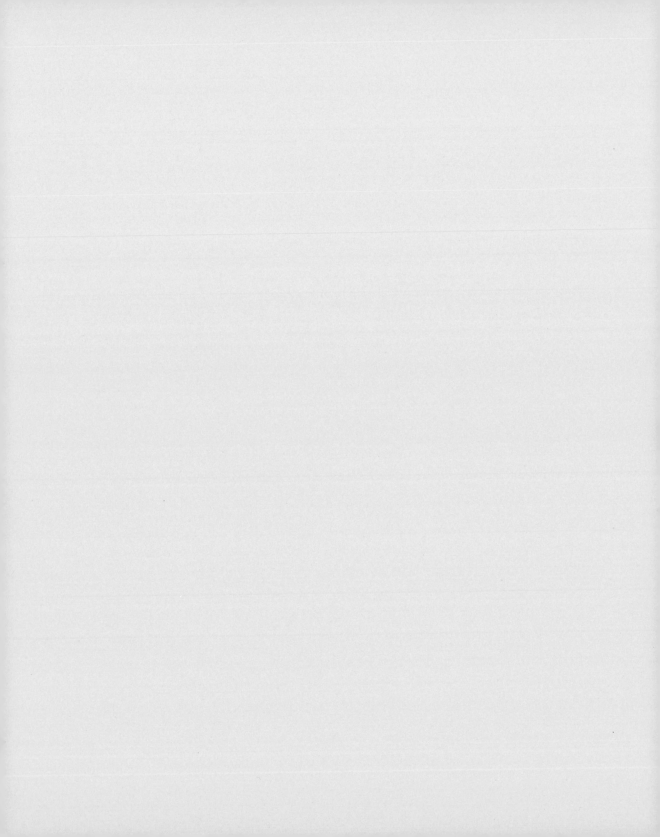

들국화 고갯길

어르신 이야기책 _102 짧은글

들국화 고갯길

초판 1쇄 발행일 2018년 3월 9일

지은이 권정생
그린이 김영희
펴낸이 이원중

펴낸곳 지성사 출판등록일 1993년 12월 9일 등록번호 제10-916호
주소 (03408) 서울시 은평구 진흥로1길 4(역촌동 42-13) 2층
전화 (02) 335-5494 팩스 (02) 335-5496
홈페이지 지성사.한국 | www.jisungsa.co.kr 이메일 jisungsa@hanmail.net

ⓒ 권정생·김영희, 2018

ISBN 978-89-7889-351-0 (04810)
        978-89-7889-349-7 (세트)

이 도서의 국립중앙도서관 출판예정도서목록(CIP)은 서지정보유통지원시스템 홈페이지
(http://seoji.nl.go.kr)와 국가자료공동목록시스템(http://www.nl.go.kr/kolisnet)에서
이용하실 수 있습니다. (CIP제어번호: CIP2018005576)

들국화 고갯길

권정생 글 · 김영희 그림

지성사

신작로 가로수 미루나무에 소 한 마리가 매여 있습니다.

늙은 할머니 소였습니다.

털 빛깔이 푸수수하고,

엉덩이에 마른 똥 부스러기가 붙어 있습니다.

멍한 눈동자는 가을 햇빛처럼 힘이 없고,

머리 꼭대기의 뿔도 짝짝이입니다.

한쪽 것은 얼마 전 빠졌다가 뾰족하게 돋아나다 말았고,

한쪽 것은 우둘투둘하게 녹슨 낫처럼 생겼습니다.

　할머니 소는 비료 부대를 실은 수레를 멘 채

주인을 기다리고 있습니다.

그리고 옆집 꼬마 황소를 기다립니다.

노랗게 물든 미루나무 잎이

가을바람에 한 잎 두 잎 떨어집니다.

이파리는 할머니 소 등에 떨어지기도 하고

뿔머리 옆에도 사뿐 떨어져 내립니다.

  '아, 가을은 쓸쓸하구나.'

  할머니 소는 미루나무 가지를 잠깐 쳐다보다가,

또 장터 비탈길을 건너다보기도 합니다.

때마침, 연초록빛 반짝거리는 새 버스 한 대가

부르릉 지나간 뒤, 저쪽 장길에서

딸랑딸랑 워낭(방울) 소리가 났습니다.

기다리던 주인 최봉구 씨와 옆집 김동근 씨가

함께 걸어오고 있었습니다.

김동근 씨는 꼬마 황소에 리어카를 메워 몰고 옵니다.

꼬마 황소가 딸랑딸랑 가까이 다가왔습니다.

아직 아버지 황소보다는 작고,

아기 송아지보다는 훨씬 큰 황소이기 때문에

꼬마 황소라고 불렀습니다.

그 꼬마 황소가 끌고 오는 리어카엔

빈 가마니때기랑, 농기구랑, 잡동사니가 실렸고,

시멘트로 만든 굴뚝 세 개가

대포처럼 얹혀 왔습니다.

"할머니이!"

꼬마 황소가 콧구멍을 벌름거리며 불렀습니다.

"인제 오냐? 무겁잖니?"

"아녜요. 할머니, 이것 꼭 탱크 같죠?"

꼬마 황소는 제가 끌고 온 리어카를
한 번 추슬러 뵈며 자랑 투로 말했습니다.

"에그, 무서워라. 탱크가 다 뭐니?

그런 말 하면 못써요."

"헤헤, 할머니도.

나 지금이라도 이마에 태극기 붙여 주면

싸움터에 나가겠어요. 이 탱크 앞장 세우고."

"글쎄 그런 말 말래도. 잠자코 집으로 가는 거야.

싸움터 같은 게 다 뭐니.

우린 싱싱한 풀이 가득 찬 들판으로 가는 거야.

거기서 밭 갈고 씨 뿌리고, 그리고 거둬들이고……."

　할머니 소는 순하디순한 눈동자를 사랑스럽게

굴렸습니다.

그 눈동자에 푸른 가을하늘이 기우뚱

한 번 헤엄쳤습니다.

꼬마 황소의 뿔 언저리가 햇빛에 반짝 빛났습니다.

"할머니, 나 쟁기로 밭 갈 줄 알아요.

그리고 얼른 장가도 가고 싶거든요."

"것 봐, 저어기 햇님이 벙글벙글 웃으며 널 보고 있잖아."

마침 최봉구 씨와 김동근 씨가 미루나무 아래

나란히 앉아 담배를 피워 물었기 때문에

할머니 소 곁에 꼬마 황소도 서서 기다렸습니다.

가을이지만 짐수레를 끌고 왔기 때문에 땀이 났습니다.

사타구니의 불알이 청처짐 늘어졌습니다.

갑자기 꼬마 황소는 아랫배가 팽팽하게

부풀어 있음을 느꼈습니다.

꼬마 황소는 쫘악 오줌을 눴습니다.

"얜, 버릇이 통 없어.

쫘악 소리 내지 말고 고이 누거라, 좀."

할머니 소가 타일렀습니다.

꼬마 황소는 힘을 오그라뜨려 쨀 쨀 쨀 쨀 눴습니다.

신작로 아스팔트 길에 오줌이 쪼르르 번져 나가고

아기 기저귀에서 풍기는 듯한

귀여운 지린내가 솔솔 났습니다.

　고추짱아 한 마리가 꼬마 황소 등에 앉을까 말까

망설이다가 떨어지는 미루나무 이파리와 함께

춤추며 날아갔습니다.

최봉구 씨와 김동근 씨가 담배를 다 피우고

일어섰습니다.

김동근 씨가 꼬마 황소 고삐를 잡고 앞장섰습니다.

　　"할머니, 이것 봐! 내가 일등하게 됐어요."

　　꼬마 황소는 앞장서 가는 것이 좋아

엉덩이를 옥네 누나처럼 흔들었습니다.

　　"그래, 기특허구나. 힘차게 씩씩하게 앞장서서 가는 거야.

그러면 이 할머니도 절로 힘이 나서

수레가 훨씬 가벼울 거야."

두 개의 달구지가 움직이기 시작했습니다.

신작로에서 비켜나간 들길입니다.

꼬마 황소의 작은 워낭이 딸랑딸랑 소리를 내고,

할머니 소의 큰 워낭은 우렁두렁

둔한 소리를 내었습니다.

삐꺼덕 삐꺼덕 수레바퀴가 돌고

꼬마 황소의 다리의 힘살이 불뚝불뚝 일어섭니다.

26

들판에는 가을걷이가 끝나고
보리갈이가 한창이었습니다.

"저것 봐요, 할머니!
아저씨 소가 밭갈이를 하네요."

어깨가 딱 벌어진 아저씨 황소가
봇줄이 팽팽할 만큼 힘겨운 쟁기를 당기고 있었습니다.

"그래, 얼마나 훌륭하니? 우리들 소에게
하느님은 가장 성스러운 일을 맡겨 주셨어."

꼬마 황소와 할머니 소가

들판 쪽으로 한눈을 파느라

걸음이 잠시 늦춰져 버렸습니다.

그러자 김동근 씨가 꼬마 황소 엉덩이를

회초리로 때렸습니다.

"엄마얏!"

꼬마 황소는 엉덩이가 아파서 오르르 달렸습니다.

이번에는 최봉구 씨가 할머니 소의 엉덩이를 때렸습니다.

할머니 소도 목을 앞으로 쑥 내밀며

얼른 꼬마 황소 뒤를 쫓아갔습니다.

한참 헐떡거리며 뛰고 나니 기운이 쏙 빠졌습니다.

"할머니, 궁둥이가 아프시죠?

저 땜에 할머니까지 매맞으셨어요."

꼬마 황소는 정말 미안한 생각이 들어

그렇게 말했습니다.

"아아냐, 하느님도 한눈만 팔고

게으름 피우는 소는 싫어하실 거야.

우린 가끔 회초리로 이렇게 두들겨 맞아야 해."

말은 이렇게 했지만, 할머니 소는 왠지

콧등이 째금째금 더워졌습니다.

헤아릴 수 없이 회초리로 맞아 온 엉덩이는

살가죽이 굳어 버려 아무렇지 않았지만,

가슴속이 따갑도록 서러웠습니다.

"할머니, 하지만 난 언제부터인지

둥둥 떠가는 흰구름도 보고 싶고,

먼 산봉우리도 보고 싶고,

자꾸자꾸 한눈을 팔고 싶어졌어요.

수레가 무거우면 그렇고,

일이 고달플 때마다 그랬어요."

　꼬마 황소의 말에 할머니 소는 어느새

입술을 실룩실룩,

그만 두 눈자위에 눈물이 삼빡거렸습니다.

들길을 지나가면 꼬불꼬불 산길이 나타납니다.

가파른 고갯길이 저기만치 보였습니다.

"할머니, 나 영차! 영차! 할 테니까

할머니도 힘내세요."

"오냐, 힘낼 테니 속히속히 가자."

소나무 가지가 푸르게 드리웠고,

고갯길엔 들국화가 모닥모닥 피어

아름다운 향기를 퍼뜨리고 있었습니다.

그 들국화 향기가

아기 송아지처럼 오르르 몰려와

꼬마 황소와 할머니 소의 어깨를

부축해 주는 듯했습니다.

40

"영차! 영차!"

　할머니 소도 그 소리에 맞춰 구령처럼
부르며 따라 올랐습니다.

고갯마루에 올라서니 환하게

정다운 마을 모습이 눈에 들어왔습니다.

할머니 소가 살고 있는 최봉구 씨네 집과

꼬마 황소가 살고 있는 김동근 씨네 집이

나란히 보였습니다.

"할머니, 만세! 만세!"

　먼저 올라간 꼬마 황소가

할머니 소를 돌아보고 소리질렀습니다.

"움머어!"

　그 소리에 맞춰 할머니 소도 한번 즐겁게 울었습니다.

소나무 가지가

살랑살랑 시원한 바람을 일으키자

들국화 꽃들이 고개를 달랑달랑

귀엽게 까불대었습니다.